압록강
아이들

조천현 사진이야기

압록강 아이들

조천현 사진이야기

보리

일러두기

- 사진을 찍은 장소는 도, 시/군, 동/리 순으로 정리했고, 현지에서 불리는 이름을 우선으로 기록했다.
- 남에서 쓰지 않는 표현이지만 북에서 흔히 쓰는 입말은 살렸다.

갈 수 없는 그리운 곳, 압록강

조천현의 《압록강 아이들》 속의 아이들을 보는 동안 눈시울이 붉어지기도 하고 마음 안이 답답해지기도 합니다. 한 핏줄의 땅인데도 갈 수 없는 그리운 곳. 그곳의 향수가 꽃향기처럼 은하수처럼 펼쳐져 있습니다.

압록강변의 아이들은 어른들이 만들어 놓은 철의 장막 같은 것은 알지 못합니다. 동무들끼리 모여 얼음 지치고 헤엄치고 물고기 잡고 소풍 갑니다.

이 아이들이 어른이 되어 느낄 절망감을 해소해 주어야 할 급한 책임이 남북 기성세대 모두에게 있습니다. 중강진의 아이들이 부산의 아이들을 찾아와 함께 밥 먹고 축구하고, 목포의 아이들이 열차를 타고 혜산의 아이들을 찾아와 함께 수영하고 동화책을 읽는 시간들을 우리가 만들어 주지 못한다면 그보다 더 큰 생의 죄가 있겠는지요.

곽재구(시인)

꿈과 탐구와 불안의 결실

- 조천현 사진이야기《압록강 아이들》에 붙여

수십 성상의 꿈의 추구와 불안이 슴배인 조천현 사진이야기《압록강 아이들》의 출간을 기뻐하는 마음으로 이 글을 씁니다.

《압록강 아이들》에는 사진이 있고 이야기가 있습니다. 세인들에게 그리 낯익지 않은 구석진 곳 압록강에 대한 사진은 강변에서 사는 북조선 아이들을 중심으로 아이들과 함께 있는 어른들의 얼굴이 있습니다. 동포에 대한 따뜻한 사랑과 인성에 대한 깊은 탐구가 결정되어 있습니다.

나는 매 한 장의 사진을 펼칠 때마다 가슴이 뭉클해지고 코가 찡 저려나는 감동을 받았습니다. 어쩌면 압록강 저쪽 아이들과 이쪽 아이들이 이처럼 닮았습니까. 북조선의 아이들과 중국의 아이들이 이렇게 닮았는데 북의 아이들과 남의 아이들이 어째서 닮지 못하겠습니까. 다 같이 배달겨레의 핏줄을 이어 온 아이들인데 어찌 닮지 않을 수 있겠습니까.

닮았다는 단어는 여기서 의미가 깊습니다. 계급성과 국민성과 민족성을 초월했다는 이야기입니다.

조천현 사진이야기《압록강 아이들》에서는 닮은꼴에 대하여 특히 신경을 많이 썼습니다. 아이들의 얼굴에서 표정에서 웃음에서 몸짓에서 인간의 가장 원초적인 순수성과 평화와 행복에 대한 갈망을 찾아낼 수 있었던 것입니다. 순간 포착한 아이들의 모습이 너무 자연스럽고 생동감 있습니다. 다큐 사진의 매력이겠지요. 어떤 사진은 아이들 곁에서 연출한 듯한 느낌이 들 정도지만 모든 사진은 압록강을 사이에 두고 중국 쪽에서 건너편을 촬영한 것입니다.

조천현 사진이야기《압록강 아이들》을 내기까지 몇 십 년 동안 겪었을 불안에 대하여 말하겠습니다. 단속하는 중국 공안의 눈을 피해 다니며 어떤 '적극분자'들의 회의와 중상과 고자질이 그냥 따라다녔고 때로는 강 건너에서 날아오는 돌 세례도 받아야 했다는 것을 나는 알고 있습니다. 촬영을 하기 위해 매번 중국에 올 때마다 불안한 마음을 견디어 내기는 쉽지 않은 일입니다.

예술가의 길은 워낙 꿈이 많고 영감이 불꽃 튄다고 하지만 또한 끝없는 불안이 심신에서 떠나지 않는 길이란 말이 있지요. 그러나 역시 보람찬 길이지요. 조천현 사진이야기《압록강 아이들》이 바로 이를 증명한다고 생각합니다.

미국의 어느 학자는 "예술이란 무엇인가? 사람을 사람답게 하는 것"이라고 하였습니다. 이제《압록강 아이들》이 세상에 나가면 아이들에게 어른들에게 아니 모든 인간들을 사람답게 살게 하는 데 조금이라도 이바지하리라는 것을 믿어 의심하지 않습니다.

조천현 사진이야기《압록강 아이들》출간을 열렬히 축하합니다.

최삼룡(중국 조선인, 문학평론가)

차례

압록강의 봄

압록강의 여름

압록강의 가을

압록강의 겨울

압록강의 봄

압록강을 달리는 아이들

흰 눈 위를 아이들이 달립니다.
한 발자국, 두 발자국
눈 위에 찍어 봅니다.
춥고 바람 부는 눈길이라도
아이들의 마음은
눈처럼 깨끗합니다.
흰 눈 위에 발자국을 찍는 것처럼
그렇게 한 걸음 한 걸음 세상을 향해 걸어갑니다.

2014. 2. 양강도 혜산시 혜신동

영호의 꿈

꽁꽁 언 길 위에
물동이 지고 가는 영호
영호의 꿈은 무얼까.
조심조심 미끄러운 길, 가다 멈추고
말합니다.
"엄마는 장마당에 장사꾼
맨날 분칠해요.
아버지는 밀수꾼
별명은 왕대포입니다.
내 꿈은
쌈질 잘하는 쌀개*입니다."

* 쌀개: 깡패를 일컫는 함경도 말

2009. 3. 양강도 혜산시 강구동

2013. 3. 자강도 중강군 장흥리

이른 봄 장흥리 마을

눈 내린 날
마을은 고요합니다.
강도 산도 살림집도 하얗습니다.
모두가 눈 이불을 덮고 잠이 든 것 같습니다.
집들은 서로 어깨를 기대고 있습니다.
살림집이 추울까 봐
눈이 내려 덮어 주고 있나 봅니다.
폭신한 눈이 덮여 덜 춥습니다.

2009. 3. 양강도 보천군 화전리

얼음장 밑에도

얼음 언 강에도 봄은 벌써 와 있습니다.
얼음장 밑에도 물은 흐릅니다.
시린 손 불며 빨래하는 모습을
발간 볼 꼬마들이 뚫어져라 바라봅니다.
이제 곧 얼음이 풀리고 강물이 넘실대겠지요.

아버지와 두 딸

집들이 낮게 웅크리고 있는 길을
아버지와 두 딸이 걸어갑니다.
담벼락의 그림자도 함께 갑니다.
지붕과 지붕이 머리를 맞댄 마을이면
이웃과 정도 깊을 것입니다.
햇살 한 조각 가슴에 자리한 듯
따뜻해집니다.

2013. 3. 양강도 혜산시 혜탄동

2014. 3. 함경북도 온성군 삼봉

아빠의 일터 가는 길

아빠가 일하는 병원을 갑니다.
아이는 앞서 타박타박 걸어갑니다.
엄마는 아이를 살피며 뒤따라 걷습니다.
아빠는 유리창 너머로 바라보고 있습니다.
아이가 이다음에 자라면
혼자 길을 가야겠지요.
지금은 그 걸음을
익히는 시간입니다.

2014. 4. 양강도 대흥단군

골목에서

골목길 가다 동무를 만나
가던 길 멈추고 이야기꽃을 피웁니다.
무슨 할 말이 그리 많은지
무슨 비밀이 있는지
오래도록 골목에 모여 있습니다.
무엇이 그리 즐거운지
깔깔대는 웃음소리가 그치지 않습니다.
해 지는 줄도 모릅니다.

2015. 4. 양강도 김형직군 신상리

뜨락또르를 타는 아이들

작은 마을에도 학교가 있습니다.
쉬는 시간에 학교 앞을 지나는 뜨락또르에
아이들이 앞다투어 올라탑니다.
뜨락또르는 아이들이
올라타기 쉽게 천천히 갑니다.
학교 공부보다 뜨락또르 타는 게
더 재미있나 봅니다.
살림집 같은 학교에서는
이제 그만 오라고 땡땡땡
종을 칩니다.

엄마와 아이

이른 아침에 물을 길러 가는
엄마 뒤를 살금살금 따라가던
아이와 엄마가 실랑이를 벌입니다.
'추우니까 집에서 나오지 말라' 했나 봅니다.
아이는 자꾸만 엄마 뒤를 따라가려 하고
엄마는 집으로 들어가라 하지만,
아이는 엄마를 졸졸 따라가고 싶나 봅니다.

2015. 5. 양강도 삼수군 늪평 포성리

2018. 5. 양강도 김정숙군

압록강의 진달래꽃

진달래꽃은 흔들림을 멈춘 채
강을 내려다보고 있습니다.
산과 들은 언제나 그 자리에서
강이 흘러가는 것을 지켜봅니다.
하늘도 강에 얼굴을 비춥니다.
강처럼 흘러가면
언젠가는 만날 수 있습니다.
강처럼 흘러가면
어디엔가 닿을 수 있습니다.

2019. 4. 자강도 중강군 중강진

수양버들 사이로

아득히 하늘을 향한
수양버들 사잇길로
아이는 엄마 자전거에 앉아
아빠랑 함께 갑니다.
바람 스칠 때마다
손 흔드는 수양버들 가지들이
문 밖에서 배웅합니다.

엄마 아빠가 양옆에서 지켜 주는
세상에서 제일 좋은 자리에 앉아 갑니다.

나무 심는 아이들

아이들이 강가에 쌓인 부엽토를 모읍니다.
들판에 묘목을 옮겨 심기 위해
남자아이들은 부엽토를 파고
여자아이들은 부엽토를 머리에 이고 나릅니다.
나무들은 압니다.
정성을 다하는 아이들의 마음을.
나무를 심어 본 아이들은 압니다.
나무의 고마움을.
나무가 스스로 커 가는 것을
지켜본 아이들은
높이높이 자라는 나무처럼
꿈을 키울 수 있습니다.

2015. 4. 양강도 김정숙군 민탕

2015. 4. 양강도 김정숙군 민탕

점심 먹는 아이들

나무를 심는 일보다 더 좋은 공부가 있을까요.
아이들에게 왜 힘든 일을 시키냐 말할지 모르지만
일 하나 해 보지 않고
오직 공부에만 내몰리는 것이
아이들을 행복하게 하는 일일까요.
고기반찬이 아니라도
일을 마친 뒤 동무들과
나눠 먹는 도시락은 꿀맛입니다.
오늘도 아이들은
일과 놀이가 하나 되는 공부를 합니다.

쌀쌀한 봄바람

추워요, 추워요.
털옷을 입어도 추워요.
하지만 모여 있으면 덜 춥지요.
가까이 있으면 따뜻해지지요.
서로 귀를 감싸 주고
서로 어깨를 기대고
서로 몸을 맞대고
온기를 나눠요.
경쟁에선 우정이 싹틀 수 없어요.
함께하는 시간에서 우정이 싹터요.

하하하

밝고 맑은 아이들 얼굴,
웃어라 하지 않아도
활짝 피어나는 아이들 웃음.
일할 때에도
일을 마치고 나서도
동무들과 함께라면
뭘 해도 신이 납니다.
언제라도 즐겁습니다.

2015. 4. 양강도 김정숙군 민탕

2015. 5. 양강도 김형직군 라죽리

과외활동 가는 길

아이들이 줄을 맞춰 들로 나갑니다.
책에서만 배우는 게 아닙니다.
교실에서만 배우는 게 아닙니다.
들에서도 산에서도 배울 게 많습니다.
소풍 온 듯 아이들은
자연의 공기 마시며 자연의 공부를 합니다.
산과 나무는 아이들의 꿈을 키우고
강과 들은 아이들의 꿈을 넓힙니다.
자연 속에서 하는 공부는
자연과 하나 되는 일입니다.

파종하는 아이들

아이들이 모여 앉아 모종을 옮겨 심습니다.
정성껏 옮겨 심은 어린싹은 푸르게 자랄 것입니다.
아이들은 이렇게 알아갑니다.
곡식이 어떻게 자라는지, 어떻게 열매 맺는지.
아이들은 알게 될 것입니다.
농부들이 곡식을 키우기 위해 얼마나 땀 흘리는지
우리가 먹는 음식이 얼마나 소중한지.
아이들은 깨달을 것입니다.
우리 몸으로 들어오는 곡식은
정성과 사랑을 먹고 자란다는 것을요.

2015. 5. 양강도 김형직군 후주

2015. 5. 양강도 김형직군 라죽리

집으로 돌아가는 길

나무 심는 일이 끝난 아이들이
호미 들고, 소래* 들고
하나 둘 셋 넷
발맞추어 집으로 돌아갑니다.
엄마가 있는 집으로 가는
발걸음은 가볍기만 합니다.

* 소래: 대야를 일컫는 함경북도 말

배구 하는 아이들

운동장에서 아이들이 배구를 합니다.
흙먼지 이는 맨땅이지만
노는 데 불편하지는 않습니다.
나무 막대 꽂아 세운 그물망이지만
신나기만 합니다.
그냥 열심히 뛰어놀면 됩니다.

2018. 5. 양강도 삼수군 화전리

2015. 5. 양강도 김형직군

엄마와 아들

강가의 수많은 돌처럼
저마다 사는 모습이 다릅니다.
저마다 크고 작은 사연이 있습니다.
시간이 흐르고 흐르면
모난 돌은 둥글어지고
강은 흘러 바다에 닿고
아이는 자라 어른이 됩니다.

빨래하는 아이들

엄마 일손을 도와주려는 아이들이
강가에 빨래하러 나왔습니다.
시키지 않아도
소래를 머리에 이고 와
찰방찰방 빨래합니다.
제 손으로 빨래하는 아이들의
마음이 커 보입니다.

2015. 4. 양강도 김정숙군 신상리

2015. 5. 양강도 김정숙군 오한덕

물고기를 찾습니다

물고기를 찾습니다.
어디 어디 숨었나.
물속 깊이 들여다보고 고기를 찾습니다.
나무 상자에 붙인 유리 물안경으로 들여다보면
강바닥이 잘 보입니다.
아무리 흐린 물도
깊이 들여다보면 잘 보입니다.
사람들 마음도 들여다볼 수 있으면 좋겠습니다.

낚시질 하는 아이

나무 낚싯대를 드리운 아이가
꼼짝 않고 앉아 있습니다.
모자에 새겨진 상표가
눈에 익습니다.
아이는 가만히 강물을 들여다봅니다.
물에 비친 자신을 보며
무슨 이야기를 할까.
하고 싶은 것도 많겠지.
걱정거리도 있겠지.
하지만 지금은 그냥 흐르는 물처럼
그 모든 것을 흐르게 하는 시간입니다.
가슴에 남은 건 씻어 버리는 시간입니다.
지금은 물 위에 있는 시간입니다.

2008. 5. 자강도 중강군

2015. 5. 양강도 김정숙군 강하리

선로를 건너뛰는 아이

칙칙폭폭.
들판을 달려 기차가 옵니다.
구불구불 철길처럼
기차도 구불구불 옵니다.
기차는 천천히 천천히 옵니다.
동무들 앞에서 뽐내는 한 아이가
달려오는 기차 앞으로
선로를 건너뛰는 장난을 하고 있습니다.
위험한 장난이지만
그 시절엔 즐거운 놀이입니다.

2014. 6. 양강도 김형직군 대응리

오리와 염소

꽥 꽥 꽥
오리들이 줄지어 걸어갑니다.
음매 음매 음매
줄에 묶인 염소가 지켜보고 있습니다.
얼마 뒤
오리들은 차례차례
강으로 뛰어들어 갔습니다.

계단 오르는 아이

강에 내려온 아이가
혼자서 나무 계단을 오릅니다.
한 계단 한 계단
숫자를 세며 오릅니다.
아이는 그렇게 큽니다.
지금은 걸음을 익히는
시간입니다.

2014. 6. 양강도 혜산시 위연동

공기놀이 하는 아이들

가래골분교입니다.
학교 처마 밑에서 여자아이들이
둘씩 마주 앉아 공기놀이를 합니다.
손등에 얹은 공깃돌을 던져 올려 채어 잡습니다.
남자 아이들은 새총으로 장난을 칩니다.
교실 안보다 햇볕이 드는 바깥이 더 따뜻합니다.
공부보다 공기놀이가 더 재미있습니다.
책가방을 교실 창틀에 올려 두고
노느라 시간 가는 줄 모릅니다.
햇살도 오래도록 아이들 곁에 머뭅니다.

2014. 6. 자강도 중강군 장흥고급중학교 가래골분교

붉은 스카프 맨 아이

붉은 스카프 맨 아이 둘이
슬리퍼 손에 들고 집으로 갑니다.
저만치 들리는 소리에
귀 기울입니다.
동무들이 물놀이하며 웃고 떠드는
소리입니다.
마음은 벌써 강가로 달려갑니다.

2014. 7. 양강도 혜산시 혜탄동

2012. 6. 양강도 대흥단군 무포

소년단의 혁명사적지 답사

양강도 대홍단군 '무포 낚시터'입니다.
혁명사적지를 답사하는 소년단원들이
해설 강사의 설명에 귀를 쫑긋 기울입니다.
아이들의 눈망울이 초롱초롱합니다.
봄 햇살은 아이들 머리 위를 비춰 줍니다.
"김일성 주석이 이곳에서 두만강을 건넜고,
김정일 위원장이 낚시를 했다"는
해설 강사의 또랑또랑한 말소리가
강 건너까지 들립니다.

집으로 가는 길 1

논배미 지나 집에 가는 길.
동무들과 헤어져 혼자 걷는 길.
한 여자아이가 길을 걷다 멈춥니다.
뒤따라 걷던 남자아이가
다가와 웃음을 건넵니다.
두 아이는 연둣빛 논배미 따라
나란히 걸어갑니다.

2014. 6. 양강도 김형직군 오구비

집으로 가는 길 2

학교 공부 끝마친 아이들이
강을 따라 집으로 돌아갑니다.
물에 비친 그림자도
아이들을 따라갑니다.

2008. 6. 양강도 김형직군 연송리

2014. 6. 양강도 혜산시 혜탄동

비밀 아지트

동무 둘이 전봇대 아래
구덩이에서 얘기를 나눕니다.
아이들이 사는 곳 어디나
비밀 아지트가 있습니다.
어른들은 모르는 자기들만의 공간입니다.
어른들 눈길이 닿지 않는
비밀 장소에서 노는 것보다 재미난 건 없지요.

2008. 6. 양강도 혜산시 강안동

우리도 다 컸다고요

어른들 눈을 피해
강가 돌담 밑에 청소년들이 모였습니다.
담배 한 개비씩 손에 들고
성냥불을 붙이지만
강바람에 자꾸 꺼집니다.
담뱃불을 붙이려고
옹기종기 머리를 맞댑니다.
누가 들을세라 귓속말을 합니다.

2009. 4. 양강도 혜산시 혜신동

2014. 6. 양강도 김형직군

손 인사

어머니와 함께 빨래를 하던 아이가
강 건너 이쪽으로 두 손을 흔듭니다.
"안녕!"이라는 인사에
환하게 웃으며 손 인사를 합니다.
언어가 같다는 건 참 좋은 일입니다.
말이 통한다는 것은 맘이 통한다는 것입니다.
서로 환한 웃음을 짓는다는 건,
맘이 똑같다는 말입니다.

2014. 6. 양강도 김형직군 후창

강아지와 아이들

아이들 물놀이에
강아지도 따라왔습니다.
방 안에 갇혀 있는 강아지가 아닙니다.
줄에 묶여 사는 강아지가 아닙니다.
함께 뛰어노는 강아지입니다

빨래터 풍경

물이 깎아 낸 돌 위에서 엄마들은 빨래를 하고
아이들은 고기를 잡습니다.
욕심내어 더 많이 가지려 하지 않고
버릴 건 버리고 얻을 건 얻는 삶이
강을 닮았습니다.

2012. 7. 양강도 혜산시 혜탄동

흐르면 다시 깨끗해지고
버리면 다시 채워지는
강을 닮았습니다.

2013. 6. 자강도 중강군 중상리

소래 이는 아이들

빨래를 한 아이들이 소래를 머리에 입니다.
머리가 아플세라 서로 똬리를 놓아 줍니다.
아이들은 어른처럼 짐을 머리에 잘 이고 싶어 합니다
빨리 어른이 되고 싶어서입니다.
어른이 되어 봤자 별로 좋을 것이 없는데,
다시 어린 시절로 돌아가고 싶어질 텐데,
아이들은 자꾸만 머리 위에 얹으려 합니다.

2014. 7. 양강도 혜산시

모녀의 단상

엄마는 빨래를 하고
아이는 물에 발을 담그고
퐁당퐁당 물장난을 합니다.
돌 위에 벗어 놓은
엄마와 아이의 신발이
물을 들여다보고 있습니다.
물도 도란도란 흘러갑니다.

물수제비뜨는 아이들

강도 들도 푸릅니다.
아이들은 강가에서, 들판에서 뛰어놉니다.
강가에 서서 너도나도 돌을 던집니다.
퐁 퐁 퐁 퐁.
누가 누가 멀리 가나.
아이들 꿈도 넓게 넓게 펴져 나갑니다.

2013. 6. 양강도 삼수군 늪평

2014. 6. 양강도 혜산시 위연

강태공과 아이들

낚싯대를 드리운 어른 옆에서
아이들은 엎드려
흐르는 물소리를 듣습니다.
귀를 대고 강물 소리를 들으면
노랫소리 같기도 하고
발걸음 소리 같기도 합니다.
물 흐르는 소리를 듣기만 해도 좋습니다.
마음은 벌써 강물을 따라가고 있습니다.

백두산 아이들

백두산 아래 압록강 기슭
새들이 노래하고
물소리 들리는 산골 마을입니다.
술래잡기하던 아이들이
좁다란 골목에 꼭꼭 숨어 있다
풀피리 신호에 맞춰
소리 지르며 강가로 뛰어나옵니다.
백두산 맑은 물 먹으며
나무들이 자라듯
백두산 산바람 마시며
아이들도 쑥쑥 큽니다.

2009. 3. 양강도 삼지연군 농산

압록강의 여름

2015. 7. 자강도 중강군

압록강 1

산을 돌고 돌아 강이 흐릅니다.
구름은 산을 넘어 강을 건넙니다.
강에 비친 하늘의 얼굴도 아름답습니다.

서론리

집들이 나란히 모여 있습니다.
집집마다 남새*를 기르는 텃밭이 딸려 있습니다.
이웃과 함께 가꿔야 할 논과 밭도 있습니다.
땀 흘리면 땀 흘린 만큼
거두는 기쁨을 누리며
정다운 이웃들과 평화롭게 살아갑니다.
어디나 사람 사는 곳은 똑같습니다.

* 남새: 채소를 이르는 북녘 말

2016. 7. 양강도 김정숙군 서론리

모두가 똑같습니다

마을 사람들이 수양버들 그늘에 모였습니다.
어른, 아이 함께 모였습니다.
다 함께 새참을 먹기 위해 돗자리를 깝니다.
강 건너편 이방인의 낯선 얼굴을 바라보며
모두가 환하게 웃습니다.
내 이웃과 조금도 다르지 않습니다.
모두가 똑같습니다.

2013. 6. 양강도 김정숙군 신상리

2006. 7. 양강도 김정숙군

유채꽃

노랗게 물든 땅 위에서
소녀들은 유채꽃 꺾어 들고
갓대를 벗겨 내며
재잘거립니다.

남에도 북에도 꽃이 핍니다.
다른 꽃이 아니라
똑같은 꽃입니다.
꽃은 어디서나 편 가르지 않고
꽃은 언제나 아름답게 핍니다.

2012. 7. 자강도 중강군 상장리

오줌 누는 아이

옥수수밭 사이에
옥수수 닮은 너와집이 있습니다.
집 밖에는 옥수수가 자라고
집 안에는 아이들이 자랍니다.
아이가 밖에 나와 오줌을 눕니다.
바람 불면 서걱서걱
옥수수 잎 부딪치는 소리 들리고
옥수수가 영글듯 아이도 여물어 갑니다.

오이 먹는 아이

한 아이가
옥수수밭 사잇길로 걸어옵니다.
오이 하나 입에 물었습니다.
소 풀 뜯기는 엄마에게
오이를 반 잘라 건넵니다.
소는 풀을 뜯고
아이와 엄마는
오이를 맛있게 먹습니다.
소도 아이도
옥수수처럼
쑥쑥 자랄 것입니다.

2015. 7. 양강도 김형직군

소와 아이들

세상에 모든 것은
저마다 다른 이름을
갖고 있습니다.
그러나 소는 바위를
바위는 사람을
사람은 하늘을
하늘은 강을 닮습니다.
다른 이름을 갖고 있지만
하나의 풍경이 됩니다.

2017. 6. 양강도 김형직군 대응리

위대한 주체사상 만세!

2015. 7. 자강도 중강군 3월5일청년광산

구름도 강도

하늘도 구름도 강도
살림집도 뗏목도 멈춘 듯 고요합니다.
지금은 서로를 바라보는 시간
더 깊이 서로를 가슴에 새기는 시간.
소리쳐 부르면 모두가 깰 것만 같은
꿈 같은 시간입니다.

흐르는 강

할머니는 흐르는 물에 아이 발을 씻깁니다.
어제와 오늘이 함께 흐르는 강입니다.
강물이 흐르듯 아이는 어른이 되고
내일의 아이는 또 이 강에 나올 것입니다.
그때도 강은 흐르고 흐를 것입니다.

2015. 7. 양강도 김정숙군

엄마의 빨랫방망이

엄마 따라온 어린아이가
빨랫방망이를 들고 오리 따라갑니다.
세상 모든 것이 신기한 듯
졸졸 오리 따라갑니다.

2015. 7. 양강도 김형직군 송전

꼬마아이

엄마와 함께 나온 꼬마아이가
물로 들어갑니다.
물이 낮은지 깊은지도 모른 채
마냥 즐겁습니다.
엄마는 아이한테서 눈을 떼질 못합니다.
아이는 아랑곳하지 않고 놉니다.
아무렇지 않다는 듯
강가에 말려 둔 솥단지도
입을 벌리고 있습니다.

2014. 7. 양강도 김형직군 부전리

아기의 눈길

엄마 등에 업혀 빨래터에 나온
아기의 눈길은 딴 곳에 가 있습니다.
보이는 모든 것이 신기할 뿐입니다
아기가 강을 바라봅니다.
강도 아기를 봅니다.
아기의 마음과 강의 마음이 같습니다.

2018. 6. 양강도 김형직군 후창

2012. 7. 양강도 혜산시 혜명동

빨래 말리는 가족

할머니와 아이가 빨래 앞에 앉아
빨래 마르기를 기다립니다.
강바람이 심술부려 빨래가 날리면
아이가 얼른 일어나
빨래를 제자리에 갖다 놓습니다.
빨래한 엄마는 강에서 목욕을 하고요
아이는 빨래 마르기보다
엄마가 강에서 나오기를 기다립니다.

우리 아기 잘도 잔다

"아기가 잠들었네."
아기가 깰세라
아기가 불편할세라
가만히 포대기를 여며 줍니다.
내 아기가 아니라
우리 아기니까요.

2012. 7. 양강도 혜산시 혜탄동

5집

추모식

1994년 7월 8일, 김일성 주석 서거.
이날 추모를 위해 학생들이
태양상 앞으로 줄지어 모였습니다.

2016. 7. 8. 양강도 혜산시 연풍동

행진하는 아이들

여름비 내리는 날입니다.

배낭 메고 비옷 입고 붉은 깃발 따라 행진합니다.

2012. 7. 양강도 삼지연군

길을 따라 걷는 아이들은

발걸음 무거워도 주저앉거나 뒤돌아보지 않습니다.

깃발을 따라 앞으로 앞으로 나아갑니다.

2011. 7. 양강도 김정숙군 신파

막대 낚시 하는 아이들

아이들이 긴 막대기를 강에 드리웁니다.
물 가까이 가지 않아도
긴 막대기라면 물에 닿을 수 있습니다.
지금 당장 어쩌지 못해도
마음이 간절하면 닿을 수 있습니다.
물고기를 만나고 싶은 마음과
강에 닿고 싶은 마음만으로도
소중한 시간입니다.

2014. 7. 양강도 혜산시 강안동

누굴 기다리나

서로 등을 돌리고
무관심한 척 앉아 있지만
서로 힐끗힐끗 뒤돌아보고 있다는 것을
남들은 모를 것입니다.
서로를 기다리고 있다는 것을.

2018. 7. 양강도 김형직군 리죽리

사금 캐는 놀이 하는 아이들

아이들이 강가에 나와 사금 캐는 놀이를 합니다.
선생님은 아이들이 맘껏 놀도록 지켜만 봅니다.
따뜻한 햇살이 가득한 강가에서
퐁 퐁 퐁 퐁
물수제비도 뜨고
옹기종기 모여 앉아
이야기도 나눕니다.
자연과 함께하는 공부입니다.

2016. 7. 자강도 만포시

만포 아이들

온 동네 아이들이
물가로 몰려나왔습니다.
서로 앞다투어 물속으로 뛰어듭니다.
한 아이가 으쓱대며
휙 날아 다이빙을 합니다.
우와, 모두들 입을 벌립니다.
실컷 헤엄을 친 아이들은
강가로 나와 몸이 마르기를 기다립니다.

2015. 7. 양강도 김형직군 부전리

햇볕 쬐는 아이들

아이들이 모래 위에 엎드려 햇볕을 쬡니다.
동무들과 함께 빙 둘러 모여
도란도란 이야기를 나눕니다.
모래바람 날리는 자연의 땅에서
발가벗은 아이도 있습니다.
따스한 햇살이 아이들을 감싸 줍니다.
땅에 가슴을 맞대고
서로의 온기를 나누면
몸도 마음도 따뜻해 집니다.

뗏목 위에서 노는 아이들

아이들이 흔들리는 뗏목 위에 똑바로 섰습니다.
훗날 뗏목꾼이 되겠다고 배우는 건 아닐 테지만
흔들리는 세상에서 바로 서는 데에는 도움이 될 테지요.
얼마나 많이 물놀이를 했는지
얼마나 오래 놀았는지
아이들 몸이 하나같이 검게 탔습니다.
굳세고 단단한 모습입니다.

2015. 7. 양강도 김형직군 부전리

바위와 아이들

강가에 누워 하늘만 바라보는 바위가
햇살에 몸을 달굽니다.
강물은 물놀이하는 아이들의 등을 떠밀며
앞으로 앞으로 흘러갑니다.
깔깔대며 떠내려오는 아이들이 바위로 모여듭니다.
바위는 아이들이 잘 오르도록 등이 휘어져 있습니다.
바위에 오른 아이들이 옹기종기 모여 앉아 몸을 녹입니다.
시원한 물, 따뜻한 바위,
아이들은 오래도록 물가를 떠나지 않습니다.

2018. 7. 양강도 김형직군 라죽리

바위에 눕는 아이들

아이들이 바위에
배 깔고 누웠습니다.
쏟아지는 햇살 받으며
아이들은 바위를 껴안고 있습니다.
등도 따숩고 배도 따뜻합니다.
강은 바위와 아이들을 품고 있습니다.

2016. 7. 양강도 김정숙군

튜브 타는 아이들

아이들이 강으로 나옵니다.
구명조끼 입고 튜브도 들었습니다.
"강물아, 기다려라 우리가 나가신다."
물결이 거세다 해도
강이 깊다 해도
겁날 것이 없습니다.
흐르는 물에 몸을 맡기는 건 즐겁습니다.
어디까지라도 갈 수 있을 것 같습니다.
강은 아이들에게 신나는 놀이터입니다.

2014. 7. 양강도 혜산시 혜신동

2014. 7. 양강도 혜산시 혜신동

강을 건너자

강을 건너자.
동무랑 함께라면
어느 강인들 건너지 못하랴.
앞에서 끌고 뒤에서 밀며
강을 건너자.
강은 경계가 아니다.
단절도 아니다.
건널 수 있어야 강이다.
강을 건너자.

뗏목 위 다이빙

여자아이들이 물놀이를 합니다.
뗏목 위에 올라가 번갈아 다이빙을 합니다.
오래도록 깔깔대며
웃음이 그치지 않습니다.
해 지는 줄도 모를 것 같습니다.

2018. 7. 양강도 김형직군 두지리

2014. 7. 양강도 혜산시 혜신동

혜산 아이들

물가에선 어른도 아이가 되고
아이도 어른이 됩니다.
물 밖에서도 즐겁고
물속에서도 즐겁습니다.
물은 모든 것에 맞춰 흐릅니다.
비닐 튜브를 타고
물 위에 둥둥 뜨면
어디든 갈 수 있을 것만 같습니다.

2014. 7. 양강도 혜산시 강안동

내가 먼저 탈 거야

내가 먼저 탈 거야.
내가 먼저 탈 거야.
서로 먼저 튜브를 타려고
밀고 당기지만
얼굴엔 웃음이 가득합니다.
다툼이 아니라 놀이입니다.
그렇게 여름날이 가고
아이들은 자랍니다.

이야기꽃이 피었습니다

물놀이하고 젖은 옷을 갈아입는 사이에도
도란도란 이야기꽃이 핍니다.
이야기를 듣는 동무는
시원한 물에 발 담그고
쫑긋 귀 기울입니다
무슨 이야기가 그렇게도 재미있는지
끝이 없습니다.
못다 한 이야기를 나누기에
하루 해가 짧습니다.

2014. 7. 자강도 중강군 가래골

바위가 배라면

이 바위가 배라면 얼마나 좋을까.
둥실 떠갈 텐데…….
이 바위가 배라면 얼마나 좋을까.
어디든 갈 수 있을 텐데…….
어디만큼 갔나 눈을 떠 보면
바로 그 자리.
그래도 꿈을 꿉니다.
더 멀리
더 넓은 세상으로 나가는 꿈을.

2014. 7. 자강도 중강군 가래골

가래골 아이들

물속에서 하루 종일 놀다 보면
몸이 오들오들 떨려 옵니다.
그러면 바위 위에 올라가 몸을 말립니다.
너른 바위를 찾아
따뜻한 햇볕에 몸을 녹입니다.
햇볕이 온몸으로 스며듭니다.

2014. 7. 자강도 중강군 가래골

치마 입는 남자아이

여자아이가 벗어 놓은 치마를
남자아이가 몰래 입어 봅니다.
그 모습을 지켜보는 여자아이들을 보자
쑥스러운지 씨익 웃습니다.
아이들은 자기와 다른 모습을
궁금해하고 신기해합니다.
아이들은 호기심을 키우며 자라납니다.

2014. 7. 자강도 중강군 가래골

2015. 7. 양강도 김정숙군 신상리

지금처럼

동무랑 물장구치고 놉니다.
옷이 흠뻑 젖어도 즐겁기만 합니다.
지금처럼 웃을 수 있다면 모자랄 게 없습니다.
깨끗한 마음으로 살 수 있다면
서로의 마음을 따뜻하게 데워 줄 수 있다면
부족할 게 없습니다.

2015. 7. 자강도 자성군 차가평

더 놀 거야

그만 놀고 집에 가자는 언니.
좀 더 놀고 가자는 동생.
실랑이를 합니다.
따뜻한 햇살 아래 시원한 물가를
어린 동생은 떠나기가 싫은가 봅니다.
강가에 머무는 시간만큼
언니와 동생은 몸도 꿈도 커 갑니다.

2014. 7. 양강도 김형직군 부전리

모래성 쌓는 아이들

모래 위에서
아이들은 성을 쌓고 허물고 또 쌓습니다.
꿈의 궁전을 짓습니다.
딱딱하고 무거운 것은 어찌지 못하지만
보드랍고 가벼운 모래는 마음대로 할 수 있습니다.
집도 만들고 성도 만들고 섬도 만듭니다.
무엇이든 만들 수 있습니다.
잘 못 만들면 부수고 다시 만듭니다.
그러다 싫증 나면 모래 위에 눕습니다.
강가 모래밭은
꿈을 짓는 놀이터입니다.

2015. 7. 양강도 김형직군 부전리

모래밭에서 노는 아이들

물가 모래밭에서 노는 아이들의
구릿빛 몸이 단단해 보입니다.
자연 속에서 뛰노는 아이들의
몸과 마음은 누구보다 튼튼합니다.
온실 안 꽃보다
산과 들에 자라는 들꽃이
더 향기롭습니다.
산에 들에 피어난 들꽃이
더 아름답습니다.

2015. 7. 양강도 김형직군 부전리

2014. 7. 양강도 김형직군 고읍

천렵 가는 아이들

아이들이 반두를 들고 강가로 나옵니다.
뜨거운 자갈 위를 걷자니
발바닥이 따끔거립니다.
고기를 많이 잡아
어죽을 끓여 먹어야지.
발바닥이 아프면 대수냐
고기만 잡을 수 있다면야.

자갈밭을 걷는 아이들

아이들이 강가 자갈밭을 맨발로 걸어갑니다.
뾰족뾰족 튀어나온 자갈이
햇볕에 달궈져 뜨겁습니다.
엉덩이는 실룩실룩
몸은 삐쭉삐쭉.
빨리 고기를 잡고 싶은 마음에
자꾸만 걸음이 빨라집니다.

2008. 5. 양강도 김형직군 동흥

어죽 끓여 먹는 아이들

동무들과 강물에 뛰어들고
물놀이를 하고 고기를 잡았습니다.
돌 위에 가마솥을 걸어 놓고
불을 붙여 어죽을 끓입니다.
연기가 오르고 죽이 끓으면
옹기종기 머리를 맞대고
맛있게 먹습니다.
어른들 도움 없이도
스스로 해냅니다.

2014. 7. 양강도 김형직군 동흥

비 오는 날

장마당 골목에 비가 내립니다.
손수레를 끌고 짐을 옮기는 사람
파라솔을 치고 물건을 파는 사람
물건을 사 들고 집으로 가는 사람
우산을 쓰고 흥정하는 사람도 남아 있습니다.
왁자지껄 떠들던 소리도 조용합니다.
장마당의 하루는
사람 사는 이야기입니다.
어른들 사이에서 한 아이가
시크릿 쥬쥬 비옷을 입고
집으로 터벅터벅 걸어갑니다.

2014. 7. 양강도 혜산시 혜신동

압록강의 가을

압록강 2

그리움은 강물 같아서 흘러가는 길.
흘러 닿으면 그리워지는 길.
오늘도 강은 쉼 없이 흐릅니다.

2016. 9. 양강도 김정숙군

너와집 풍경

너와집들이 나란히 있습니다.
지붕 위 옥수수가
들판에 노랗게 핀 꽃같이
환합니다.
산은 따스한 햇살처럼 포근히 감싸 줍니다.

2014. 10. 자강도 중강군 장흥리

콩밭 사이로

빨래 소래를 이고 가는
엄마 뒤를
옷을 홀랑 벗은 아이가
따라갑니다.
입고 나온 옷까지 빨았나 봅니다.
아이는 시원하고 기분이 좋아
벌거벗어도 부끄럽지 않습니다.
누렇게 익어 가는 콩도 살랑입니다.

2016. 9. 양강도 김형직군 라죽리

염소와 아이들

아이들이 학교 담벼락 밑에 모여 놉니다.
그 옆으로 염소 무리가 줄지어 지나갑니다.
염소는 아이들과
함께 공부하고
함께 놀다가
집으로 돌아갑니다.

2016. 9. 양강도 김정숙군

엄마 품으로

동무들과 놀고 돌아오는 길
엄마는 집 앞에 나와 아이가 오기를 기다립니다.
아이가 골목길을 달려옵니다.
엄마는 두 손 활짝 벌려 아이를 맞이합니다.
아이는 엄마 품에 안깁니다.
아이가 세상에서 가장 좋아하는 사람은 엄마니까요.

2017. 9. 양강도 혜산시 위연동

호기심

떠내려온 나무에 올라탄 아이가
강물을 물끄러미 내려다봅니다.
아이들은 호기심이 많습니다.
두려움도 많습니다.
하지만 갈 수 있는 데까지
가고 싶은 데까지 가 보려고 합니다.
더 멀리 보기 위해서
더 멀리 가기 위해서.
좀 더 멀리 가면 더 많이 볼 수 있습니다.
좀 더 가까이 가면 더 잘 볼 수 있습니다.

2016. 9. 양강도 삼수군

낚시질 하는 아이들

비 온 뒤 아이들은
흐르는 강물에 나란히 서 있습니다.
고기 통을 목에 걸고
목이 빠지도록 물고기를 기다립니다.
강물이 아이들 무릎까지밖에 오지 않습니다.
지나가는 물고기도 보일 것같이
강물이 맑습니다.

2008. 9. 자강도 중강군 상장리

고기 잡는 아이들

한 무리의 아이들이
흐르는 물에 반두를 대고
돌덩이를 이리저리 움직여 봅니다.
한 아이는 삼성 모바일 유니폼을 입었습니다.
그 옷, 어떻게 돌고 돌아 여기까지 왔을까요.
고기는 요리조리 잘 피해 가는지
반두*를 올려 봐도
고기 한 마리 잡히지 않습니다.
그래도 아이들은
반두를 담그고 또 담급니다.

*반두 : 물고기를 잡는 그물

2008. 9. 양강도 혜산시 혜명동

2015. 7. 자강도 중강군

선생님과 아이들

오늘은 선생님과 함께 강가에 나왔습니다.
선생님은 빨래를 하고
아이들은 강물에 돌을 던지고 놉니다.
강은 모든 것을 받아 줍니다.
항아리는 하늘 향해 입을 벌리고 있습니다.
금방 노랫소리가 들릴 듯합니다.

2008. 9. 양강도 삼지연군 차가수

개구쟁이

강 건너 낯선 이에게
개구쟁이들이 돌을 던져 알은체를 합니다.
돌에 맞아 쓰러지는 시늉을 하자
허리가 휘도록 웃어댑니다.
"어디서 왔니?"
"어저씨는 어디서 왔슴까?"
"남조선!"
"에이……."
믿어지지 않는 듯 고개를 갸웃거립니다.
개구쟁이들은 낯선 이한테 장난치며
티 없이 환한 웃음을 보냅니다.

2009. 9. 양강도 삼지연군 구시물동

2016. 9. 양강도 김정숙군 신상리

학교가 있는 풍경

노랗게 익어 가는 벼와
푸른 남새가 어울려 있습니다.
살림집 가까이에는
유치원에서 중학교까지 모여 있습니다.
나무는 하늘 향해 키를 높이고
강은 노래하며 흐릅니다.
지금은 학교에서 아이들이 공부하는 시간입니다.
산이 있고 강이 흐르고
넓은 들판이 있는 마을에서
아이들은 배우고 익힙니다.

매대

골목길에 매대가 나란히 있습니다.
길거리 매대는 아이들을 어서 오라 기다립니다.
엄마 바짓가랑이를 잡고 따라온 아이는
아이스크림 매대 앞에서 꼼짝을 않습니다.
엄마에게 아이스크림을 사 달라고 보챕니다.
과자를 파는 매대의 할머니도 웃으며 아이를 바라봅니다.

2008. 9. 양강도 혜산시 혜명동

차가수 분교 아이들

학교 수업을 끝내고 아이들이 나왔습니다.
아이들 재잘거리는 소리
선생님이 아이 이름을 부르는 소리가 강가에 들려옵니다.
집으로 가는 아이들은 기분이 좋은가 봅니다.
엄마 아빠가 있는 집으로 가는 길은
자연을 닮아 가는 길입니다.
들꽃도 꺾고 강가에 앉아 노는 일이
공부하는 시간보다 즐겁습니다.

2008. 9. 양강도 삼지연군 차가수

성묘하러 가는 길

수양버들 늘어진 길 따라 한 식구가
오토바이를 타고 갑니다.
아버지는 선글라스를 쓰고
아이들은 새 옷을 입었습니다.
엄마는 햇곡식을 장만해 실었습니다.
성묘 가는 길입니다
수양버들도 잘 다녀오라고 손 흔들어 줍니다.

2014. 9. 함경북도 무산군

2016. 9. 양강도 보천군 화전리

성묘

엄마는 차례 음식을 차리고
아빠는 벌초를 합니다.
아이들은 곁에서 가만히 지켜봅니다.
차례상이 다 차려지면
가족들은 나란히 서서 절을 합니다.

성묘가 끝나면 옹기종기 모여 앉아
음식을 나누어 먹습니다.

남이나 북이나
조상을 기리는 한가위 풍습은 같습니다.

2014. 9. 함경북도 무산군

성묘 다녀오는 길

추석날입니다.
아버지 자전거 타고
할머니, 할아버지가 계시는 산에서
성묘하고 옵니다.
찌르릉 찌르릉
우리 아버지 자전거 나갑니다.
아버지의 든든한 등 뒤에 앉으면
겁날 게 없습니다.

소발구 타고 가는 아이들

아버지가 끌던 소발구를
몰래 타 봅니다.
동생들을 태우고
아버지가 몰던 대로 따라 해 봅니다.
이랴 이랴.
고삐를 아무리 당겨도
소가 말을 듣지 않습니다.
멈추어 서서 꿈쩍도 하지 않습니다.
몸이 단 아이들이 고삐를 흔드니
겨우 올라갑니다.
다시 고삐를 당기니 내려와
밭고랑에 박았습니다.

2016. 9. 양강도 삼수군 화전리

언덕길

아이 둘이 빨래 소래를 이고
집으로 돌아갑니다.
나란히 걷는 아이들의 뒷모습이
어른들 모습과 닮았습니다.
이주한 새 집 새 마을에
새롭게 난 언덕길입니다.
타박타박
발소리가 들리는 듯합니다.
저무는 해에
그림자가 길게 드리웁니다.

2016. 9. 양강도 삼수군 화전리

2016. 7. 양강도 삼수군 화전리

화전리 마을

들녘이 누렇게 물들어 갑니다.
엄마는 소를 끌고
놀던 아이들도 집으로 갑니다.
지붕만큼 키를 높이는 줄단콩 줄기는
배재*를 붙잡고 위로 위로 올라갑니다.
밭마다 여물어 가는 곡식들.
가을 풍경은 어디나 풍요롭습니다.

* 배재: 울타리, 울바자를 뜻하는 함경도 말

2008. 9. 양강도 삼지연군 농산

손 망원경

엄마 아빠 일 나가고
동생과 집을 보던 아이는
집 앞에 앉아서 동생과 놉니다.
강을 사이에 두고 마주 보는
건너편의 낯선 이가 신기한 듯
손 망원경으로 살핍니다.

기다림

기다리면 온다 했지요
구불구불 철길 따라
기차 타고 온다 했지요
가을빛 곱게 물든 기장도 고개 숙이고
전봇대도 우두커니 서서
기차를 기다립니다.
산을 굽이굽이 돌아
기적 소리 뿍뿍 울리며
기차 타고 오실 엄마를
기다립니다.
누나 등에 업힌 아기도
엄마가 오나 보려고
머리를 내밉니다.
그 아이들은 기다림 속에서
만나고 큽니다.

2008. 9. 양강도 삼지연군 차가수

쌍둥이 자매

얼굴이 꼭 닮은 두 아이가
엄마가 빨래하는 곳으로 달려옵니다.
달리는 모습도 꼭 닮았습니다.
웃는 모습도 꼭 닮았습니다.
엄마가 때 묻은 옷가지를 힘껏 문지를 때마다
옷이 깨끗해집니다.
옷이 아무리 더러워도
엄마 손만 닿으면 깨끗해진다는 걸 압니다.
때 묻은 마음도 씻으면 깨끗해진다는 걸
아이들은 압니다.

2014. 10. 양강도 김형직군 라죽리

2014. 10. 양강도 김형직군 라죽리

염소와 소녀

빨래 소래 이고 강가에 나왔습니다.
염소가 한가로이 풀을 뜯고 있습니다.
아버지도 엄마도 다 일 나가고
홀로 빨래하러 나왔습니다.
염소들이 아이 곁을 지킵니다.
혼자 하는 빨래라도 힘들지 않습니다.

2014. 10. 양강도 김정숙군

뒷모습

빨래 소래를 머리에 이고
엉덩이를 실룩거리며 가는 아이.
머리를 묶은 방울이 햇빛에 반짝입니다.
돌로 쌓은 담장도
모난 돌이 아니라서 더 정겹습니다.
들풀도 잘 가라고
손 흔들어 줍니다.

사방치기 하는 아이들

동네 골목 담벼락 밑에
여자아이들이 모여 놉니다.
땅바닥에 금을 긋고
사방치기를 합니다.
방 안에 돌을 던져 놓고
깨금발을 뜁니다.
누가 먼저 하늘 칸까지 가나
어둑하도록 놀다
엄마가 부르는 소리에
화들짝 놀라 달려갑니다.

2014. 10. 양강도 혜산시 혜탄동

지덕체
조선을위하여배우자!
세상에부럼없어라

위대한 김정은동지와
끝까지뜻을 같이하자!

2015. 10. 자강도 중강군 3월5일청년광산

가을걷이하는 아이들

학교 앞 가을걷이가 한창입니다.
어른들은 볏단을 나르고
아이들은 일손을 돕고 있습니다.
어른들은 곡식을 가꾸듯이
아이들을 가르치고 이끌어 줍니다.

2008. 9. 자강도 중강군 장흥리

옥수수 타래

집집마다 세워져 있는 옥수수 타래
울타리가 되어 주고
황금빛 알갱이 되어 반짝입니다.
아버지는 옥수수를 구워 줍니다.
아이들이 먹는 걸 보는 것만으로도
아버지는 배가 부릅니다.

집으로 가는 아이

한 아이가 집으로 들어갑니다.

지붕에는 속살을 드러낸 옥수수가 쌓여 있습니다.

옥수수 타래가 고개 내밀고 아이를 반깁니다.

2014. 10. 자강도 중강군 장흥리

다락*에도 옥수수가 쌓여 있습니다.

집 곳곳에 옥수수가 가득합니다.

집 지키는 멍멍이도 놀러 나가고

대문은 빼꼼, 안방 문은 활짝 열려 있습니다.

*다락: 창고를 일컫는 북녘 말

2014. 10. 양강도 삼수군 포성노동자구(토봉)

옥수수 익는 마을

밭에서 익은 옥수수
지붕 위에 널려 있습니다.
집집마다 노란 옥수수
긴 겨울 소중한 밥이 되려고
따가운 햇살에 몸을 말립니다.

압록강의 겨울

외발기 썰매 타는 아이들

꽁꽁 언 압록강 위에서
아이들이 외발기 썰매를 탑니다.
외발기 썰매는 날이 하나인 썰매입니다.
이 썰매는 큰 아이들이 탑니다.
외발기 썰매를 못 타는 작은 아이들은
두 발기 썰매를 탑니다.
아무리 추운 날에도
아무리 하루 해가 짧아도
아이들은 자라고 겨울은 갑니다.

2009. 1. 양강도 삼지연군 봉수

2009. 1. 양강도 삼지연군 봉수

2009. 1. 양강도 삼지연군 간상봉

미끄러워 미끄러워

미끄러워 미끄러워.
눈 쌓인 얼음판 조심조심 걸었지만
기우뚱 넘어지고 말았습니다.
동무들이 웃지만
그래도 기분 나쁘지 않은가 봅니다.
미끄러지고 넘어지고
넘어지면 다시 일어섭니다.
그렇게 겨울이 가고
봄이 오는 것입니다.

눈썰매 타는 아이

눈이 오면 유모차가 아니라
썰매를 탑니다.
엄마가 끌어 주는 썰매 위에서
아이는 신이 났습니다.
끌어 주는 엄마에게
더 빨리 가라고 자꾸만 졸라댑니다.

2011. 2. 자강도 중강군 상장리

공놀이하는 아이들

압록강 아이들은
아무리 추워도
바깥에 나와 놉니다.
방 안에만 있지 않고
밖에서 뛰어놉니다.
얼음장 위에서도 신나게 뛰어놉니다.
아무리 미끄러워도 공을 뻥뻥 찹니다.
아차 하면 넘어지고
달리면 미끄러져도
눈 위에서 뛰어노는 일,
얼음장 위에서 공 차는 일,
재미나기만 합니다.
넘어지고 엎어져도
아이들의 꿈은 공처럼 튀어 오릅니다.

2009. 1. 양강도 혜산시 연풍동

미끄럼 타는 아이들

산골 마을에 눈이 쌓였습니다.
신이 난 아이들이 몰려나와
언덕 위에서 미끄럼을 탑니다.
타고 또 타고
수십 번을 오르내리며
씽씽 미끄럼 타는 바람에
땅의 속살이 다 드러납니다.
아무리 타도 지치지 않습니다.
멍멍이도 신이 난 듯 따라 놀다
이제 그만 집에 가자고 꼬리를 흔들어댑니다.
밥 짓는 굴뚝 연기가 피어오르고
아이들은 제 집을 바라봅니다.

2014. 2. 자강도 중강군 오수리

불놀이하는 아이들

실컷 얼음 썰매를 탄 아이들이
언덕 아래 모여 앉아
불을 피웁니다.
곱은 손발을 녹이려고 불을 쬐다
인기척에 놀라 일어섭니다.
연기는 아이들 마음도 모른 채
모락모락 피어오릅니다.

2009. 1. 양강도 삼지연군 독산리

아이들과 집짐승

마당에는 돼지우리가 있고
처마 밑에는 개집이 있습니다.
아이들은 돼지한테 먹이를 주고
새끼 개를 껴안아 줍니다.
따뜻한 햇살이 가득한 날
아이들과 집짐승이
서로 종알종알 이야기 나누는 소리에
바람은 저만큼 물러나고
눈도 조금씩 녹고 있습니다.

2014. 2. 양강도 김형직군 무창리

굴뚝 연기

굴뚝마다 연기가 솟는 길을
자전거를 타고 갑니다.
하루 일을 마치고 집으로 돌아갑니다.
살림집 굴뚝에서
연기가 피어오르면
집으로 가는 마음도 바빠집니다.

2009. 1. 양강도 혜산시 혜명동

엄마의 자전거

흰 눈 쌓인 벌판을
자전거가 달려갑니다.
바람 부는 눈길이라도
엄마의 포근한 등 뒤라면
하나도 춥지 않습니다.
엄마와 함께라면 어디든
갈 수 있습니다.

2011. 2. 자강도 중강군 장성리

한 줄로 나란히

아이들이 한 줄로 나란히
강 위를 걷습니다.
행군하는 것처럼
씩씩하게 걷습니다.
겨울바람 맞으며 걷는 길
칼바람에 얼굴이
금세 시려 옵니다.
앞에 선 아이의 발자국을 밟고 갑니다.
앞에 선 아이가 칼바람을 막아 줍니다
그래서 아이들은 한 줄로 걸어갑니다.

2014. 2. 양강도 혜산시 혜신동

2019. 5. 백두산 천지

압록강은 그립고 아름답습니다

아름다운 산과 들이 펼쳐져 있는 압록강을 사이에 두고 양쪽 기슭에 사는 조선인과 중국인들은 민족이 다르고 언어가 달라도 어려울 때 서로 돕고 살아 왔습니다. 뿐만 아니라 강을 공동으로 이용하고 있습니다.

그러나 압록강은 남녘 사람은 가 볼 수 없는 곳이 되었습니다. 중국 접경 지역에서 바라볼 수밖에 없는 압록강 건너에는 우리와 얼굴이 꼭 닮은 사람들이 살고 있습니다. 눈을 마주치면 손 인사를 하고 말을 나눌 수 있습니다. 쓰는 언어가 같아 말이 통한다는 건 참 좋은 일입니다.

압록강은 사계절 내내 아이들의 놀이터입니다. 아이들의 웃음소리가 끊이지 않습니다. 봄이면 빨래터에 엄마 따라 나와 물놀이를 하고 동무들과 함께 파종을 하고 나무를 심습니다. 여름이면 헤엄치고 모래찜질을 하고 천렵을 합니다. 가을이면 낚싯대를 들고 물고기를 잡고 옥수수를 구워 먹습니다. 겨울이면 얼음장 위를 달리며 외발 썰매를 타고 불을 피워 언 손을 녹입니다.

우리에게 조금도 낯설지 않은 지난 시절 추억들과 꼭 같습니다. 남녘의 우리에겐 잊혀져 가고 사라져 그리움으로만 남아 있지만 압록강에서는 지금도 볼 수 있는 풍경입니다.

내가 압록강을 찾아가는 까닭은 누군가 나를 기다리고 있을 것 같은 그리움 때문입니다. 어린 시절로 다시 돌아갈 수 없으니 더 애틋한 그리움입니다. 나는 압록강에서 어린 시절의 기억과 추억들을 찾아 떠돌고 있습니다. 세월이 흐르고 세상이 변해도 압록강에는 아직 말이 통하고 마음이 통하는 어린 시절의 나와 닮은 사람들이 그 모습 그대로 있기 때문입니다.

사람들은 오히려 살기 편해지면서 자연과 사람을 멀리하고 인간답게 사는 모습을 잃고 있는지 모릅니다. 그래서 세월이 흐를수록 어려웠지만 따뜻하고 인정이 넘쳤던 지난 시절을 떠올리게 되는 것 같습니다. 누가 가난하면 불행하다고 말할까요. 가난했던 지난 시절이 자꾸 그리워지는 건 가난해도 정을 함께 나눌 수 있었기 때문입니다.

《압록강 아이들》을 촬영하며 내가 본 것은 압록강 건너에서도, 아이들과 가족의 행복을 위해 열심히 살아가고 있는 사람들입니다. 어떤 사회에서든 사람답게 사는 것이 진정한 행복이 아닐까요.

강은 경계가 아닙니다. 강은 단절이 아닙니다. 강은 흐르면서 만나라고 하고, 꽁꽁 얼면 어서 건너가라 합니다. 강은 이편과 저편을 나누지 않고 하나로 흐릅니다.

나는 또 압록강 강가에서 서성거립니다. 언젠가 강 건너편에서 사람들과 함께 놀고 싶습니다. 《압록강 아이들》의 사진을 통해 북한을 이해하는 데 작은 도움이 되었으면 하는 바람뿐입니다.

2019년 6월

조천현

평화 발자국 24

압록강 아이들

2019년 6월 15일 1판 1쇄 펴냄
2021년 11월 25일 1판 3쇄 펴냄

사진·글 조천현
편집 김로미, 김성재, 이경희
디자인 남철우
제작 심준엽
영업 나길훈, 안명선, 원숙영, 양병희, 조현정 | **독자 사업(잡지)** 정영지 | **새사업팀** 조서연
경영 지원 신종호, 임혜정, 한선희
인쇄와 제본 (주)상지사 P&B

펴낸이 유문숙 | **펴낸 곳** (주)도서출판 보리 | **출판등록** 1991년 8월 6일 제9-279호
주소 (10881) 경기도 파주시 직지길 492
전화 031-955-3535 | **전송** 031-950-9501
누리집 www.boribook.com | **전자우편** bori@boribook.com

값 22,000원

보리는 나무 한 그루를 베어 낼 가치가 있는지 생각하며 책을 만듭니다.

ISBN 979-11-6314-052-8 03810

이 도서의 국립중앙도서관 출판예정도서목록(CIP)은 서지정보유통지원시스템 홈페이지
(http://seoji.nl.go.kr)와 국가자료공동목록시스템(http://www.nl.go.kr/kolisnet)에서
이용하실 수 있습니다. (CIP제어번호 : CIP2019021562)